Voor mijn zoon Max, omdat ik in zijn boom mocht klimmen – J.E.

Voor Humphrey – V.C.

Eerste druk 2002
Achtste druk 2005

ISBN 90 00 03403 5

Oorspronkelijke titel *Bringing down the Moon*
Oorspronkelijke uitgever Walker Books, London

www.van-goor.nl

Van Goor is onderdeel van Uitgeverij Prometheus

Ik wil de maan

Jonathan Emmett

met tekeningen van Vanessa Cabban

Van Goor

Mol kruipt uit zijn molshoop.
'Grote-grondgravers-nog-aan-toe!'
roept hij. 'Wat is dat voor moois?'
Aan de hemel staat de maan
als een glinsterende bal.
Mol heeft nog nooit zoiets gezien.

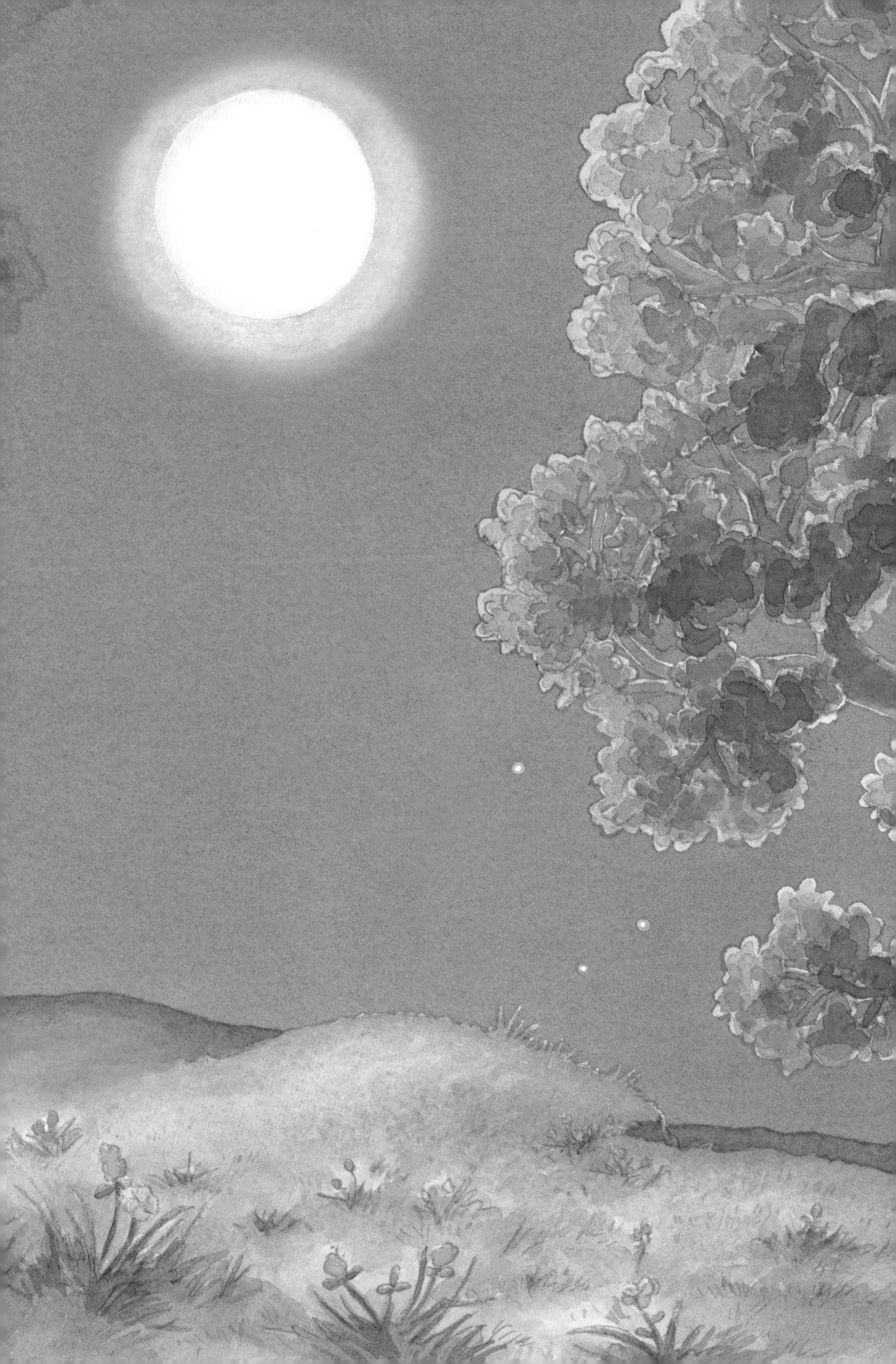

‘Dat mooie ding wil ik hebben,’ zegt Mol. ‘Ik weet het al! Als ik heel hoog spring, kan ik het pakken.’

Mol heeft het zo
druk met springen,
dat hij niet merkt
hoeveel lawaai
hij maakt.
Maar Konijn in haar
holletje wordt er
wakker van.

'Mol!' zegt Konijn. 'Wat doe jij nou?'
'Ha, Konijn,' zegt Mol. 'Ik wil dat grote glimding pakken.'
'De maan, bedoel je?' vraagt Konijn.
'Heet het zo?' zegt Mol.
'Je kunt de maan niet pakken,' zegt Konijn.
'De maan lijkt dichtbij, maar ze is heel ver weg.'

Mol geeft niet op.
'Ik weet het al!'
zegt hij. 'Met een
stok haal ik de maan
naar beneden.'
Hij pakt een lange
stok en slaat ermee
naar de maan.

Mol heeft het zo
druk met de stok,
dat hij over Egel
struikelt die
lekker lag
te slapen.

'Mol,' kreunt Egel. 'Wat spook jij uit?'
'Hallo Egel,' zegt Mol. 'Ik zwiep
de maan uit de lucht.'
'Dat lukt je nooit,' zegt Egel.
'De maan lijkt dichtbij, maar ze is
heel ver weg.'

Mol geeft niet op.
'Ik weet het al!' zegt hij.
'Ik gooi eikels naar de maan.
Dan valt ze vanzelf.'
Mol mikt heel veel eikels de lucht in.

'Au!' zegt Eekhoorn.
'Mol, ben je niet goed wijs?'
'Hallo Eekhoorn,' zegt Mol.
'Ik wil de maan omlaag knikkeren.'
'Dat lukt je nooit,' zegt Eekhoorn. 'De maan lijkt dichtbij, maar ze is heel ver weg.'

Mol moet en zal de maan hebben.
Hij geeft niet op.
'Ik weet het al!' zegt hij. 'Ik klim in
een boom en ga de maan halen!'

Mol is nog nooit in een boom
geklommen. Wat is dat moeilijk!
En het is eng, zo ver boven de grond.
Maar Mol klimt dapper verder,
tot hij de maan op de blaadjes
boven zijn hoofd ziet liggen.

Mol strekt zijn voorpootjes uit.
Hij kan de maan bijna grijpen,
maar... dan glijdt hij uit!

Mol buitelt omlaag...

PLONS!

en valt midden in een regenplas.

'Grote-grondgravers-nog-aan-toe!
Ik had de maan bijna te pakken!'
Ineens ziet hij iets drijven in het water.
Een bleek, kreukelig ding. Mol weet
meteen wat het is.

'De maan,' fluistert Mol. 'Ze is samen
met mij uit de lucht gevallen.'
Nu kan hij de maan aanraken.
Maar als Mol zijn pootjes
naar de maan uitstrekt,
valt ze in stukjes
uit elkaar.

Huilend zit Mol in de regenplas.
Konijn, Egel en Eekhoorn
komen aangehold.
'Ben je nog heel, Mol?'
vraagt Konijn.

'Ja,' snikt Mol. 'Ik wel, maar de maan niet! Ik heb haar laten vallen. En nu is ze kapot! Ze was nog wel zo mooi... Nu zien we de maan nooit meer terug.'

‘Stil maar, Mol,’ zegt Konijn.
‘Je hebt de maan niet laten vallen.’
‘De maan is niet kapot,’ zegt Egel.
‘En natuurlijk zien we de maan terug,’
zegt Eekhoorn. ‘Kijk maar!’
Hoog aan de hemel komt de maan
achter een wolk vandaan.
‘Ooo...’ fluistert Mol. ‘Ze is nog
net zo mooi als eerst!’

Mol, Konijn, Egel en Eekhoorn
kijken samen naar de maan.
'Wat een mooie maan,' zucht Konijn.
'Heel mooi!' zegt Egel.
'Mooier kan niet,' zegt Eekhoorn.

'Prachtig,' zegt Mol.
'Maar de maan
is wel héél
ver weg!'